漂泊的心

锚 沙 诗 集

锚 沙 / 著

知识产权出版社
全国百佳图书出版单位

本书是一本诗集，是作者从在前苏联求学到回国工作生活期间的感悟与抒发，诗中描写了作者体会到的人世间的所有感受——真情与孤独、痛苦与幸福、奋斗与追求、挫败与成功、理解和崇拜、思念和等待……更让作者懂得珍惜和欣赏成功后的艰辛、喜悦和对使命的责任、坚持。

责任编辑：刘琳琳　　**责任出版**：刘译文　　**装帧设计**：张　冀

图书在版编目（CIP）数据

漂泊的心：锚沙诗集 / 锚沙著. —— 北京：知识产权出版社，2013.12
ISBN 978-7-5130-2515-7
Ⅰ.①漂…　Ⅱ.①锚…　Ⅲ.①诗集－中国－当代　Ⅳ.①I227
中国版本图书馆CIP数据核字（2013）第295750号

漂泊的心：锚沙诗集

PIAOBO DE XIN: MAOSHA SHIJI

锚　沙　著

出版发行：知识产权出版社

社　址：北京市海淀区马甸南村1号	**邮　编**：100088
网　址：http://www.ipph.cn	**邮　箱**：bjb@cnipr.com
发行电话：010-82000860转8101/8102	**传　真**：010-82005070/82000893
责编电话：010-82000860转8390	**投稿邮箱**：susan-lin886@163.com
印　刷：知识产权出版社电子制印中心	**经　销**：新华书店及相关销售网点
开　本：880mm×1230mm　1/32	**印　张**：3.5
版　次：2014年1月第1版	**印　次**：2014年1月第1次印刷
字　数：50千字	**定　价**：48.00元

ISBN 978-7-5130-2515-7

漂泊的心

／ 锚 沙 诗 集 ／

如果你问我，能爱你多久？
我会对你说：
我能活多久！

笔名

在穿越异国他乡那段艰辛困苦的岁月时，我终于懂得什么是坚强。我开始写作，把我的所有感受都顺着孤独的情愫流淌在纸笔间，那是一段艰难的路，仿佛心穿行在冰水中，就在那时，我记不清在哪一篇的文章里有这样的一个注解：

锚——漂泊者深沉的心

当时我在异国漂流的是一颗冰冷坚硬的铁心，那时，我只要写完一首诗，就会在右下角情不自禁落一个“锚”字。随着时间的推移，我的心被锤炼得不再冷硬，仿佛被坚强的硬锤一点点敲碎、揉细，这颗深沉的心不再是铁疙瘩，它像流沙般慢慢地铺开，向着梦想的天堂一直延伸，渐渐地变成了沙漠——炽热、辽阔、苍茫、野傲、冷静、细腻、热情、包容……

从此，“锚沙”成了右下角的落款。

锚沙

天鹅湖

（自序）

孤独把我变成了一只洁白的天鹅，将我放逐在一片凄冷的荒岛上，周围的天鹅向我游来，我听不懂它们的语言，看不懂它们的行为。孤独的咒语是：只有你这只天鹅被人爱上时，你才能变回人形。我绝望了，谁会爱上一只天鹅呢？我这只有情感、有灵魂的天鹅挣扎在孤冷的湖面上。

深秋的一个黄昏，你来到了湖边，在那一大群天鹅里，你那双湖水般的眼睛含情脉脉地落在了我的身上，仿佛注视着摇篮里的我，许久，你虽什么也没说，我却感受到无限的温暖和爱恋，我慢慢地、慢慢地变回了人形，从你惊异的目光中，我知道，你为我的美丽而惊喜……

锚沙

情怀成诗

姐姐嘱我给她的第一本个人诗集作序，令我倍感诧异与惶恐。诧异是因为没有想到在当今这样一个越来越物质化的时代，一个人们的精神、气质、品味都被格式化的时代，一个诗歌沉寂没落的时代，一个未接受过专业文学教育、也不从事文字工作的女子，居然还有这样的情怀与追求。惶恐是因为我自己的文字水平实在有限，更从未给人作过序，真不知如何下笔。只是姐姐盛情难却，我也唯有勉力为之，想想也不免解嘲一笑——均是“处女之作”，倒也“相得益彰”了。

有人说，好诗歌不是写出来的，而是从心底喷涌而出的绝唱。写文章可以用修辞法遮盖自己的真面目，可从心底流淌出的诗歌意境，却无法将鲜活的灵魂隐藏。姐姐的诗恰是如此，如同那静静绽放的仙人球花，没有华丽的外表，没有婀娜的姿态，没有迷人的芬芳，但却有别具一格的品质和精神。每一首诗都是心路感悟的真诚倾诉，朴实无华的文字天然雕琢出一位女子历经岁月洗礼后的别样风华。我为她的执著而喜悦，更为她的情怀而感动。

读诗亦是读人，正所谓“在心为志，发言为诗”。姐姐少时家贫却志怀高远，一直勇敢而执著地追求着自己心底的梦想。从西北边陲的小城到远离家乡的异国，再到如今的京城。一路行来，有历经坎坷的苦涩，也有收获成功的喜悦，但始终没有改变的是当年独自上路时所携带的那坚强与奋斗的心。正如她在《坚强》和《有的人》等诗中所述："坚强，坚强。你是生命的血液，你是情感的脊梁，你是求索的旋律，你是奋斗的根基……坚强，不能——不能将你丢失，即使生命终结，魂灵里依然有你。""有的人用追求走出了思想，有的人用磨难走出了坚强，有的人用生命走出了不朽，有的人用执著走出了辉煌。"

沙漠和骆驼是姐姐诗里最常出现的意象，这二者也可说是姐姐内心的写照——无论那沙漠多么广袤孤寂，那负重前行的骆驼步伐从容而坚定，在它对着天空嘶鸣时，眼睛流露出的渴望依然执著。《心灵的沙漠》中，她说："那是沙漠上行进的骆驼，只有你！能感受他的任重道远"——这是对潜在知己的无声呼唤；《回归沙漠》中，她说："我回来了，虽然你一无所有，甚至没有一滴眼泪……我要为你的一望无际，洒落悠扬的驼铃声"——这是对人生追求的心灵独白；《相依》中，她说："你是沙漠，我是骆驼，乍暖还寒的初春，你我共赴征程；你是沙漠，我是骆驼，烈日炎炎的仲夏，你我相濡以沫”——这是对知心爱人的脉脉倾诉。

贯穿于姐姐诗作的内核是热爱与追求——因热爱而追求，因追求而坚强。她热爱这大千世界，正如《两只骆驼》所言，“多想，多想走进林清玄那一个小园，两三亩地的世界”；她追求美好的爱情，正如《爱的幸福》所言，“如果你问我，能爱你多久？我会对你说：我能活多久”；她怀着坚强的心笑对一切，正如《忍痛》中所言，“昂起一颗头，不要悲声哀叹！”

姐姐的诗里有对亲情的珍视，有对爱情的憧憬，有对友情的善待；诗里有她自己的经历，也有他人的故事。

这不是一部简单的诗集，而是一个女子半生的情怀。

是为序。

弟 小子

书于2013年3月1日

目录

Contents

有人说，诗人是具有高于一般人的精神境界，有激情、有热情，对人、事、物在某些时空有着超出常人的感动或者愤怒。我不知道我能否成为诗人，可我知道，有时候我的感动能融化自己，我的愤怒能沉默血液。我知道，我是眼中有画、心中有歌的人……

美丽的"Измайлово"（依兹玛依湖）

遥望那一望无际的绿海，
郁郁葱葱，
故乡的面影浮现在眼前；
漫步在细长小路的湖边，
走走停停，
孤独的愁思自心底涌来；
歇坐在寂寞苍老的惨木上，
远远近近，
湖里的野鸭成双对地飘来，
为他们喜悦，为自己忧烦，
多想！
那水面的波澜抚慰我心中的坎坷，
无奈，
他们身后的波纹，
总还没来得及到岸边，
就已消失得无影无踪。

感伤

思念时，
心中充满无限的旋律，
像高山上流淌的缓缓清泉，
像大海里澎湃的层层波涛，
像夜空中划过的道道银光，
像宇宙里闪烁的颗颗繁星；
思念时，
心中充满美丽的遐想，
像春暖初露的枝头绿芽，
像夏夜绽放的清雅幽兰，
像秋凉飘落的金色蕉叶，
像冬日飞扬的晶莹绒花。
不知何时，不知何处，
奏响在心中的一曲曲乐音，
渐渐地转换成悲曲，
无奈地听着，
无奈地唱着，
多想为这哀曲谱上尾音，
却永远也找不到灵感。

致永恒的朋友

不论我走到哪里，
都携着对你的祝福，
你的善良让我心动，
你的真诚令我泪流，
你的无私使我的灵魂纯净，
你的话语扶平了我心灵的创伤。
如果你是骆驼，
我愿世界都变成沙漠；
如果你是鱼儿，
我愿宇宙都变成海洋。
不论我走到哪里，
都携着对你的祝福。

爱的奉献

把善良留下，让我呵护你；
把真诚留下，让我关怀你；
把无私留下，让我帮助你；
把美好留下，让我拥抱你；
把快乐留下，让我赶走你的忧愁；
把幸福留下，让我驱散你的悲伤；
把音乐留下，让我奏给你；
把歌喉留下，让我唱给你；
把勤劳留下，让我体贴你；
把浪漫留下，让我感染你；
把情留下，让我依恋你；
把爱留下，让我陪伴你。

相逢

我不知道你是谁？
可我知道，我和你，
会相逢在长满相思树的路上，
从此后我们永不分离；
你将是我最信任的朋友，
你将是我最敬慕的知己，
你将是我最动情的恋人，
你将是我最知心的爱人，
花儿会为我们的相遇万紫千红，
鸟儿会为我们的相爱欢声笑语，
风儿会为我们的欢乐送上祝福，
雨儿会为我们的幸福添上缠绵；
我不知道你是谁？
可我知道，那一刻以后，
你将是我情感中的最爱，
生命中的唯一！

梦回俄罗斯

梦见你，不只为你宏伟高大的建筑；

思念你，不只为你优美高雅的芭蕾；

欣赏你，不只为你精美瑰丽的雕塑；

崇拜你，不只为你伟大的“柴科夫斯基”；

你还有我魂牵梦绕的“伏尔加河”，

你还有我心驰神往的“普希金城”，

你还有……

你还有我心灵的眷恋，

你还有我永恒的思念。

坚　强

坚强，坚强。
你是生命的血液，
你是情感的脊梁，
你是求索的旋律，
你是奋斗的根基。
每当你飘离躯体，
世界会一片漆黑；
每当你告别大地，
田野将一片荒芜。
坚强，不能——
不能将你丢失，
即使生命终结，
魂灵里依然有你。

梦中的驼铃

不敢把你捧在手上，
不敢把你挂在墙上，
甚至不敢把你揽入眼中；
只有在梦里，
让你依偎在我心的沙漠里，
只有在梦里，
让你徜徉在我情的荒原上，
只有在梦里，
让你飞扬在我爱的天空中，
只有在梦里，
让你为我洒下一串串悠扬的驼铃声，
只有在梦里，
伴着动人的铃声，
唱起“最远的你，是我最近的爱！”

思 念

像一泓恬静的清泉，
轻柔不可阻挡；
像一抹温暖的烛火，
朦胧中蕴着明光。
当苦痛、感伤弥漫时，
当寒冷、孤寂侵袭时，
陪伴我的永远都是你。

——思念
黄昏后送别你，
黎明前又迎接你。
——思念
你带来我最甜蜜的情，
你送给我最温柔的怨。
不论海角天涯，
不论冬秋春夏，
追随我的永远都是你。
——思念
你让我享受最纯粹的阳光，
和最动心的炸裂！

心灵的沙漠

那是沙漠上行进的骆驼，
只有你！
能感受他的任重道远；
那是星光下漂泊的沙海，
只有你！
能承受他的苍凉悲壮；
那是荒原上席卷的狂风，
只有你！
能抚熄他的狂暴野傲；
那是戈壁下汹涌的黑涛，
只有你！
能点燃他的孤寂沉抑；
那是丝绸路上飘扬的驼铃，
只有你！
能欣赏他的美妙旋律，
只有你！
能陪伴他的清脆悠扬。

爱

去爱一棵树，
它给你带来一片阴凉；
去爱一束阳光，
它给你带来一份温暖；
去爱一缕微风，
它轻抚你劳倦的面颊；
去爱一阵春雨，
它滋润你干裂的肌肤；
去爱一首乐曲，
它奏响你生活的希望；
去爱一座青山，
它坚定你崇高的信念；
去爱一片草原，
它让你知道，
什么是“天堂”！

回归沙漠

我回来了，
虽然你一无所有，
甚至没有一滴眼泪；
我回来了，
虽然你一片荒芜，
甚至没有一丝绿荫；
我回来了，
虽然你仍是无际的沙海，
虽然你只有席卷的狂风，
我依然回来了。

我，要为你印上岁月的足迹，
我，要为你播下清晨的甘露，
我要为你心底的黑涛，
点燃灿烂的焰火，
我要为你的一望无际，
洒落悠扬的驼铃声……

星

你是思想，
像一颗火种，
可点燃一片原野；
你是智慧，
像一把战刀，
可开辟一片天地；
你是真诚，
像一座青山，
可赢取一生信任；
你是宽厚，
像一片大海，
可容纳一切河流；
你是自信，你是坚强，
像一只“火鸟”，
在死亡的边缘涅槃，
像一轮“太阳”，
黑暗过后重射光芒。

再次孤独

多想

再一次走进你的心灵，

可你已远去，

唯余凄寒的空气；

多想

再一次品尝你的深情，

可你已远去，

唯余咸涩的海潮；

多想

再一次拥抱你的温柔，

可你已远去，

唯余孤寂的冷夜。

我只能

再一次重归，

情感的荒漠。

漂泊的心

那泊在岸边的心，
再次起锚，驶向遥远的彼岸；
那歇在船头的帆，
再次迎风，滑向蔚蓝的天涯。
飘吧，生命的行程，
飘吧，心灵的征途。
无论日丽风和，不管暴雨狂风，
携着这颗深沉的心，
携着这颗孤独的心，
沿找艰难的航路，
觅寻梦想的家园。

空灵

云中的仙鹤啊！

快带去——

这彻夜难眠的思念，

别让乌云遮盖；

南飞的雪雁啊！

请捎去——

这一往情深的幽怨，

别让阴雨淋散；

难舍！这人间

流淌在血液里的真情，

难弃！这天堂

弥漫在魂灵里的倾慕！

心爱的人，还不开放

你浪漫的情怀，把爱

深深埋入温柔！

……

恩怨

终不能忘怀，
那一丝怨尤，那一抹怜爱，
从心底淌出，
每一回，又一次……
忘不了，放不下……
思念悄然而来，
泪水倏然而下，
那一份真，
那一份切，
是瞒不了的心，
留不在地上，
也会带上天。

相依

你是沙漠，我是骆驼，

乍暖还寒的初春，

你我共赴征程；

你是沙漠，我是骆驼，

烈日炎炎的仲夏，

你我相濡以沫；

你是沙漠，我是骆驼，

月色清朗的深秋，

你我互诉衷情；

你是沙漠，我是骆驼，

风骤雪飞的隆冬，

你我同入梦乡。

你是沙漠，我是骆驼……

有的人

有的人用平淡走完了一生，

有的人用失败走完了一生，

有的人用麻木走完了一生，

有的人用罪恶走完了一生。

而有的人……

有的人用追求走出了思想，

有的人用磨难走出了坚强，

有的人用生命走出了不朽，

有的人用执著走出了辉煌。

怀 恋

像风霜掠过的残叶，
失去了昔日的清丽；
像洪水摧过的家园，
变成了枯乏的荒地；
再没有曾经的风采，
再没有往日的春光，
只剩下疲惫的躯干，
支撑着那将要熄灭的烛火。
多想，那枝繁叶茂的盛夏，
多想，那硕果累累的金秋，
那亮丽明媚的蓝天，
那清朗惬意的夜晚。

痛 心

你去了，

我的同学，我的朋友，

一夜之间

你永别了我；

你走了，

我的同窗，我的挚友，

一瞬之间

你走到了彼岸；

你把牵挂变成了怀念，

你把思念变成了哀悼。

琴瑟刚调准，曲谱刚翻开，

你却宣布

演出到此结束！这样年轻

哦！你怎么啦？是累了

倦了还是烦了？你

怎么忍心，怎么放心

丢下

这么多爱你的人……

我在哪里

我不知道， 我在哪里；
好像在月亮的身边，
那么冷，冷得心如冰水；
我不知道， 我在哪里，
好像在雪山的峰顶，
那么白，白得睁不开双眼；
我不知道， 我在哪里，
好像在沙漠的怀抱，
那么静，静得无法入睡。
我不知道， 我在哪里，
好像——
在大海里，
在草原上，
在天上！

活着

你爱着的那个我，

在我心里；

你看到的那个我，

在你面前。

你呢？你究竟是哪一个？

世俗的桎梏，

肩负的使命，

令我们终日饰演后一个我，

至于我们爱的那个，

已顾不得了！

顾不得那——

太美、太真、太纯粹……

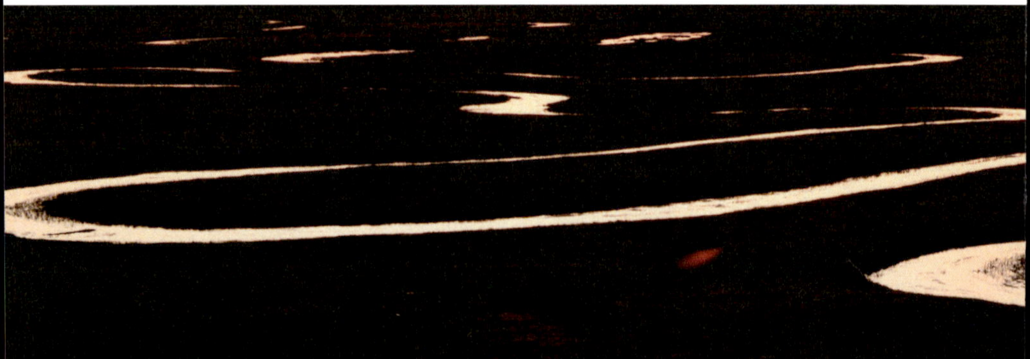

洪文：

哦，忘了，应该叫你“牧羊女”，真嫉妒你，没有人给我起这么美丽动人的名字。

写完“两只骆驼”，我就后悔了，真不该把你也拽进沙漠，你可以是奔腾的骏马，飞驰在一望无际的绿海中，草原的星空才是我心中真正的天堂，你可以骑着白马去牧羊，你挥鞭的一刹那，洁白的羊群已变成千军万马，看！多壮观。

“牧羊女”节日快乐！

锚沙

两只骆驼

你和我，

像两只中年的骆驼，

我和你，

行进在浩瀚的荒漠中，

你希望走出沙漠能见珠穆朗玛峰，

我渴望冲出沙海能入世外桃园村。

多想，

多想走进林清玄那

一个小园，两三亩地的世界，

而对于两只骆驼，

却是生命之河那端的梦想。

旅 途

走出去，

世外漆黑一片，

远方很远，路在何方？

带着追求，

迎着月色，

每移一步，

就看清一步之方向。

走出去，

迎面寒风凌厉，

梦想很美，何时实现？

昂头前行，

不避风雪，

每走一程，

就坚定一程之信念，

当回首身后，

已在千里之外。

蒙古人

你沉静宽广的胸怀，
像辽阔的草原，
你纯洁高尚的品质，
像清澈的泉水，
你激情豪迈的性格，
像奔腾的骏马，
你细腻洒脱的情感，
像缠绵的春雨，
你洁净无瑕的心灵，
像飘逸的白云，
你真挚浓烈的爱意，
像燃烧的火焰，
这就是蒙古人，
蒙古人！

真

如果，有一天，
从我的脸上再也看不到，
喜怒哀乐，那一定是，
我的心死了，是控制的利剑，
斩断了率真 ，毁灭了天然；
如果，有一天，
从我的话语再也辨不清，
春夏秋冬，那一定是，
我的魂飞了，是理智的风寒，
凝固了激情，带走了温暖。
我不能，我不能，
让心死去，让魂飞走，
在心灵深处——
那里有幸福的百合家园，
那里有精致的牵牛马车，
那里有欢乐的铃兰雪橇，
那里有美丽的玫瑰王国。

无 悔

如果离去，
会静悄悄的，
花已开过，几朵鲜灵，
挥一挥手，
轻轻的，
风似的不再停住！
明月依然，柔风吹过
那一颗苍劲的信心，
和悦的温光
洒落在新生的枝上！
如旱后的春雨，抚慰
伤痛的心田，
这一泓沉积的深情，
这一把不舍的厚爱，
再一次揽入无悔的
心中！

草 原

那里的晴空万里、辽阔无边，
让我拥有博大胸怀；
那里的洁白毡包、清澈湖水，
让我拥有纯净心灵；
那里的奔腾骏马、白云绿波，
让我豪气万丈；
那里的狂风暴雨，
让我意志坚强；
那里的牛羊成群，
让我美满富足；
那里的游牧生活，
让我飘逸自由；
那里是我出生的故乡；
那里是我成长的摇篮；
那里是我生命的根源；
那里是我梦中的天堂。

释 然

黄昏下，
望着离去的雾影，
仿佛捧着退去的海潮，
那么茫然，那么无奈；
晨光中，
看着远去的白帆，
仿佛触摸依恋的冰心，
那么寒冷，那么苍白；
薄雾里，
那远去的帆影，
如严冬冰花消融，
如深秋落叶飘散，
如夏夜月光隐没，
如春日流水东去。

消逝

微笑着走来，
如晚风亲吻铃兰的温柔，
心从平静的湖底涌动，
泛起的波澜掀红了面颊；

真实着走过，
如清风传递四季的时节，
心从朦胧的迷雾走出，
展现的清亮洗明了双眸；

潇洒着走远，
如秋风抚弄孤冷的树梢，
心从凝固的冰水穿过，
彻骨的凄寒惊醒了魂魄。

梦的归宿

不论飘得多久，
不论走得多远，
梦的希望永不泯灭；
不论攀多少座山，
不论过多少条河，
梦的星光永不陨落；

不论是风一程，
还是雪一程，
梦的光芒永驻心底；
这一番辛苦，
这一片执着，
只为这一生，
梦的归宿。

天涯海角

走到他面前，
他默默地凝视着我，
他让海风吹散我的长发，
他让海潮沁湿我的双脚；
许久，他终于
发出沧桑的回声：你来了，
傲慢、挑剔、冷美的女人！

我等了你一万年，我，
清理了沙滩，
更换了潮水，
种满了椰树，
你的心在我的怀里
任意漂泊吧！
我望着海浪里的幻影，
我知道，
从此，我再也别想忘掉他。

春恋

那一份关爱，
不论多少，
都温暖心田；
那一声呼唤，
不论多轻，
都清晰可闻；
那一束目光，
不论多远，
都回首可见；
那一份感动，
不论何时，
都随思而起。

情感

情感是海底世界，
要用一生来探索；
情感是浩瀚沙漠，
要用一生来穿越；
情感是辽阔草原，
要用一生去守候；
情感是蔚蓝天空，
要用一生去遐想；
情感是幽静湖底，
要用一生来沉淀；
情感是神秘宝藏，
要用一生来探寻。
情感是友亲真爱，
要用一生来珍惜。

梦情真爱

我愿这梦伴我一生，

伴我一生的幸福美好；

我愿这情伴我一生，

伴我一生的快乐满足；

我愿这真伴我一生，

伴我一生的光明坦荡；

我愿这爱伴我一生，

伴我一生的炽热真诚。

我愿用一生的执著，

追寻——

这梦、这情、这真、这爱……

心灵世界

走近你的世界，
仿佛漫步郊外的夜晚，
平和安静！
走近你的世界，
仿佛徜徉辽阔的草原，
宽广飘逸！
走近你的世界，
仿佛置身巍峨的青山，
博爱深沉！
走近你的世界，
仿佛矗立礁岩的海岸，
感恩包容！
走近你的世界，
仿佛眺望雨后的夕阳，
快乐辉煌！
走近你的世界，
仿佛怀抱十月的娇儿，
幸福满足！

爱的境界

追忆你和悦的目光，
我的心温暖；
感受你真诚的话语，
我的情静美。
那天外的神箭，
穿过你我的心，
从此，

你中有我，
我中有你，
你用目光温柔我的世界，
我用心露滋润你的魂魄，
你和我，
相契在山谷！
相印在水中！
相爱在天堂！

依 恋

这一株小小的铃兰，

静立在挺拔的树身下，

披着洒落的缕缕丝光，

悄然静默地成长。

透过叶片的缝隙，

风轻轻地、轻轻地飘来，

抖动了那小小的身躯。

玉滴般的花朵，

是一群玲珑的天使，

含着笑，

散发着青春，

扑扇着快乐，

吐露着芳情，

瞧，那群舞般的颤动，

在微风里留下——淡淡的，

淡淡的一笑！

怕

我怕相见，失去思念；
我怕相守，失去挂牵；
我怕相爱，失去友情；
我怕相聚，失去孤独；

我怕了解，失去神秘，
我怕顺利，失去意志，
我怕安逸，失去追求，
我怕得到，而又失去。

爱的幸福

如果你问我，什么是幸福？
我要对你说：
当你拉着我的手，
当你悠远的目光落在我的脸上，
当你轻轻地把我揽在怀中，
当你深情地望着我；

如果你问我，爱你的感觉？
我会对你说：
像甘甜的清泉自心底涌出，
像欢乐的玫瑰缓缓地绽放，
像缠绵的雨丝沥沥地飘落，
像凉爽的清风柔柔地吹来；

如果你问我，能爱你多久？
我会对你说：
我能活多久！

如果你在我身边

如果你在我身边，你会给我一个解释，
不会让我这样无奈；
如果你在我身边，你会给我一片关怀，
不会让我这样寒冷；
如果你在我身边，你会给我一丝爱抚，
不会让我这样寂寞；
如果你在我身边，你会给我一种理解，
不会让我这样茫然；
如果你在我身边，你会给我一份欣赏，
不会让我这样挫败；
如果你在我身边，你会给我一缕安慰，
不会让我这样伤心；
如果你在我身边，
如果你在我身边，
……

梦幻

当我悲伤的时候，
在我的眼前，你！
捧着一只点燃的蜡烛，
向我走来……走来，
一直走到我的心里来；
用弱冷的烛光照亮凄暗，
用微热的火焰温暖心窑。
当我孤独的时候，
在我的眼前，你！
面带着微笑伸开臂膀，
向我走来……走来，
一直走到我的面前来，
用长长的手臂驱散忧恐，
用暖暖的目光融化孤冷。
当我悲伤的时候，
我是那么地想你；
当我孤独的时候，
我是那么地想你……

泪洒夕阳

多少个，
多少个夜晚，
用坚强面对生命；
多少个，
多少个清晨，
用善良面对情感。
那一份无奈的凄苦，
缠绕着美丽的纯粹。

多想，
走进平静的深渊，
却
扯不断无限牵挂，
雨后的斜阳美好无限，
却永远地挂在，
触不到的天边。

永恒的灿烂

想你的时候，想你的时候，
一阵阵咸涩的海潮自心底掀起，
想你的时候，想你的时候，
思念的露珠顺着花瓣淌入心田。
那盛开在我心中的玫瑰，
绚丽静好。
多少次，多少回，
真想，真想将她捧出，
让阳光照耀
……
走过秋冬春夏，
它依然开得那么灿烂，
要知道，
我从未停止浇灌，
因为，
想停也停不住。

莫伤悲

朋友！
我不劝你别忧伤，
也不劝你别流泪，其实
爱在你心里，
情在你心中，
酸甜苦辣都在，
幸福快乐犹存，
都是美丽的；

朋友！
有泪就有情，
有苦就有爱，
等待吧！那道
完美的浪花，
期盼吧！那轮
美丽的彩虹，
梦想吧！那个
遥远的传说
……

另一个我

当我面对你，

那是另一个我，

像一朵白云，像一汪湖泊，

轻柔而宁静；

当我思念你，

那是另一个我，

像一片沙漠，像一片草原，

孤寂而又苍茫；

当我欣赏你，

那是另一个我，

像一首诗，像一幅画，

浪漫而又多彩；

当我遥望你，

那是另一个我，

像海边的礁岩，像青山的翠柏，

坚定而不悔。

永恒的爱

孤独是挥不去的黑暗，
痛苦是走不出的隧道，
不论怎样地蹦跑，也逃不出
那海一样的沙漠，
每想起，
人生得一知己足矣，
才知道是何其难，
我怎能不留恋，
我怎能不向往，
那曾经的真切，
那曾经的爱护，
太阳、月亮对我已不重要，
能照亮我心灵的，
是“永恒的爱”！

孤独的默契

走进那浩瀚的沙海，

没有丰富和精彩，没有浪漫和激情，

甚至没有一滴眼泪；

有的——是宽广宁静，

是一望无际、是永恒不变的沉寂。

走过千山万水，

读遍古今中外，

有谁不羡慕沙漠与骆驼的永不分离，

有谁不欣赏他们孤独的默契，

有谁不赞叹那沉静的执著，

那是自然界唯一的完美结合。

上苍！

你把这完美的奇缘降临给人间的我，

我愿用身去走这一生的永不分离，

我愿用心去感受那永恒的孤独默契，

请你告诉我，

我还要喝下多少咸咸的海潮，

我还要穿越多少日月星辰，

才能筑起高耸的驼峰！

才能走出延绵的丝绸之路……

爱，静悄悄

我的心是深邃的海洋，
那里生长着美丽的珊瑚；
我的心是辽阔的草原，
那里奔腾着嘶鸣的骏马；
我的心是密绿的森林，
那里歌唱着清美的百灵；
我的心是蔚蓝的天空，
那里漫步着洁白的云仙；
我的心是浩瀚的沙漠，
那里飘洒着悠扬的驼铃；
我的心是静默的湖泊，
那里蕴藏着悄悄的爱慕
……

孤独的心

孤独是我抒发情怀的灵感，
孤独是我清醒思考的冷静，
孤独是我蕴藏激情的平静，
孤独是我辗转难眠的幽怨，
孤独是我生命爱情的归宿，
孤独是我心神飘荡的天空，
孤独是我灵魂深处的悲凉，
孤独是我静寂思念的沉默，
孤独是我心灵沙漠的沧桑，
孤独是我心中云峰的冰塔，
寒冷，清醒，痛苦……

孤独——
是人类最凄美深情的旋律；
是人世间千古绝伦的孤作；
是贝多芬的《命运》，
是柴可夫斯基的《天鹅湖》，
是凡高的《向日葵》，
是我对你《永恒的思念》！

真 挚

岁月覆盖着艰辛的足迹，
忙碌的车轮碾平了道路，
四季的风雨洗净了伤痕，
黎明的晨光唤醒了真情。
看，窗前！
那天边的冷月依然是我
心中的爱慕
那么远、那么亮、那么美……
那夜空的繁星依然是我
童年的梦幻
那么高、那么闪、那么炫……
我望着月亮，数着星星
甜甜地、甜甜地进入梦乡……

生 活

有一种童话，叫永不分离；
有一种爱情，叫忠贞不渝；
有一种幸福，叫相亲相爱；
有一种生活，叫牛郎织女；

有一种梦想，叫天长地久；
有一种真实，叫刻骨铭心；
有一种执著，叫无怨无悔；
有一种追求，叫相知相契；

有一种倾诉，叫真切无语；
有一种冷漠，叫情到深处；
有一种相逢，叫一见倾心；
有一种情愫，叫心灵之恋！

善良的心

太阳渐渐地落下，
蔚蓝的天空再次披上黄昏的薄纱。
站在窗前，
茫然的心向远方飘去、飘去，
被灰暗的夜幕紧紧地包裹。
月亮缓缓地升起，
清暗的夜空更增添了无限凄凉，
走在路上，
孤独的心向前方伸去、伸去，
被刺骨的寒风阵阵抽打。
夜深了，就这样走着……
夜寒了，就这样走着……
明天……明天……
我坚信……我祈祷……
太阳依然会在盼望的地方升起，
月亮依然会是期待的那样清美，
我的心依然是——
那样幸福、那样美丽、那样善良……

灵犀

我知道……我知道……我知道……

知道你的辛苦、你的劳累；

知道你的无奈、你的委屈；

知道你的孤独、你的痛苦；

知道你的艰难、你的忧烦；

知道你对自由的向往，你对事业的执著；

你对真情的感动……

我知道……我知道……

知道你有善良的心，你有正义的魂；

知道你有深厚的情，你有真挚的爱；

我知道……我知道……

我是那么牵挂你，

我是那么理解你，

我是那么深爱你，

我是那么崇拜你；

我知道……我知道……

我只能远远地凝望你，

我只能深深地祝福你，

我只能默默地想念你，

我只能静静地守候你。

永恒的爱人

不要因为深沉，而看不见这份爱，
不要因为无私，而寻不到这份情，
因为你的爱，我才这样深邃，
因为你的情，我才这样宽广，
你是我心灵的初恋，
你是我永恒的爱人。
不要因为豁达，而觉得冷漠，
不要因为平和，而觉得迷惑，
因为你的爱，我才这样淡然，
因为你的爱，我才这样博大，
你是我心灵的初恋！
你是我永恒的爱人！

使命

（致中科院的专家们）

穿越在黎明前的云端隧道里，
用坚定的双手探索前进的道路，
用疲惫的身躯支撑奉献的魂灵。
在质疑中踽踽独行，
在苦厄中执着不屈。
抹一把疲困的面颊，
让心笑出希望的光芒；
紧一扣腰间的背袋，
让步伐迈出坚实的回响。
这一颗憨厚的赤子之心，
承载着无限的家国情义；
这一束充满信心的目光，
照射着千万同胞的期待。
成功是我的梦想，
攀登是我的使命，
科学是我的伴侣，
祖国是我的母亲。

乔乔有颗感恩的心

2007年12月3日，我把乔乔从幼儿园接回家，赶紧给他做了饭，安顿他先吃着，我继续在厨房里忙着，等他吃完饭，我把蒸好的螃蟹剥开一点一点地喂他，小乔乔边吃边和我说着话，“妈妈，我给您朗诵我新学的《感恩的心》：当我呱呱落地，第一个见到的人是您‘妈妈’；当我学说第一句话，我学会的是‘妈妈’；当我……‘妈妈’。”他念“妈妈”这两个字的时候，一小脸的感激之情，小乔乔念着念着，眼里噙满了泪水，朗诵完最后一句，乔乔说：“妈妈，老师给我们排练的时候，我差点就哭了。”说着一下搂住我，眼泪顺着他的小脸流下，我的心一阵颤动，眼泪充满了我的眼，我赶紧为我的宝贝擦干眼泪，一边安慰他说：“乔乔真善良、孝顺，你能有这样的体会，也不枉老师教你们的一番苦心了。”过了一会儿，我收拾完桌子，开始拖地，乔乔赶忙跑过来：“妈妈你别累着了，你的腰不好，快坐

下，”一边说，一边把我推坐在床上，从我手里硬是抢过拖把，一边学着我拖地，一边又对我说：“爷爷、奶奶、爸爸虽然都很辛苦，可最最辛苦的是妈妈，妈妈下班回来，要做饭、洗衣、照顾我，所以妈妈是最辛苦的。”

我静静地听着，已真实地感到，乔乔已深深地领悟了“感恩的心”所应有的真正内涵，一个五岁的孩子，在老师的教导下；在学习了这首儿歌后，能在实际生活中真切地将这份“感恩之心”表达得淋漓尽致，真让我惊喜、感动……

宝贝的笑

（致宝贝儿子乔乔）

孩子，我相信，
所有人都喜欢你的笑，
笑得烂漫、笑得甜蜜，
笑得幸福无比……
宝贝，我相信，
全世界都欣赏你的笑，
笑得纯真、笑得美好，
笑得快乐无限……
你的笑，
笑得眉眼弯成了月，
笑得酒窝装满了醉，
你的笑，
笑得嘴角到天边，
笑得心儿上云端……

痛别

2011年4月22日我乘坐莫斯科至北京的航班于凌晨7点50分在北京3号机场航站楼着陆，9点半我拖着疲惫的身体回到家，8个小时卷缩在飞机的椅座上，此刻才有困意。大约中午12点，丈夫的开门声唤醒了我，他说："你睡吧，我自己弄点吃的。"一会儿，他又进来了，说了同样的话，又出去了。再进来时已经快1点了，我坐了起来："你有话说吗？"他犹豫了一下说："你去莫斯科一周后，你父亲从新疆打电话来，说你奶奶已经6天不吃东西了，不知道你奶奶现在还在不在，我怕……"我抓起电话，心紧张地喘不过气，已经13天了，那边我母亲接的，"奶奶还在吗？""在，不过……"我撂下电话又拨通航空公司的号码，只有第二天中午的票，订好票我又拨通家里的电话。

第二天，4月23号晚上12点我蹲在奶奶的床前，她双眼紧闭，姑姑说："十几天就靠葡萄糖水，今天，一口都不喝了。"我抱着奶奶大声喊："奶奶！奶奶！是我，是文子，我是文子……"奶奶慢慢地睁开眼，茫然地到处找，"我在这儿！"她的目光终于找到了我，她睁大眼睛，张着嘴却说不出话，我夺过姑姑手里的葡萄糖针管放到奶奶嘴里，奶奶一口气喝了4管葡萄糖水，然后，她看着我，眼泪涌了出来，我惊恐地望着她，从我出生到这一刻，我从未见过奶奶

流泪，居然……她紧紧地抓住了我的手，微微点着头，仿佛在说："你可算回来了！可回来了……"可她再也说不出话了。我放声大哭……

奶奶性情安静、平和，话很少，从不大声说话，更不会与人争吵。她从早到晚安安静静地忙碌，爷爷上班，她在家带孙子孙女。九个孙子孙女，我是她一直带到上学。听说，堂兄弟姐妹一到3岁就都去幼儿园了，我到3岁时，父母也准备送我去幼儿园，可奶奶坚决不让去，母亲问："为什么她不去？""她不一样。"奶奶操持家务，却极少说话，所以，母亲便不再过问此事，加上还有2个妹妹，原本母亲也极少管我。就这样，我吃在奶奶家，住在奶奶家，一直到上学。

4月25日上午10点25分，奶奶静静地在我的怀里睡着了，我为她洗的脸、梳的头、穿的衣……

祖 母

（悼念亲爱的祖母）

我亲爱的，亲爱的祖母!
您真的、真的走了吗?
您真的、真的离我而去了吗?
每一次……每一次见到您，
我都是流着泪、含着笑;
每一次……每一次见到您，
您都是拉着我的手……
默默地看很久……很久;
我亲爱的老祖母!
我回来了，回来看您陪您;
为什么? 为什么只给我一天?
只为看我一眼吗? 如果是……
我宁愿忍着，
忍着牵挂、忍着思念、忍着心疼……
让您永远等着我!

忍痛

深深，深深的思念，
穿透心海里冰冷的礁岩，
泪水沁湿一颗心；
深深，深深的追忆，
轻抚梦境里朦胧的面影，
捂紧一颗心，
不要失声哭泣；

长长，长长的黑夜，
吞没生命中心灵的初恋，
伤痛寒彻一身骨；
长长，长长的孤寂，
沉默血液里沸腾的真情，
昂起一颗头，
不要悲声哀叹！

亲爱的人

如果真有那么一天，
亲爱的人，我希望，
我希望你走在我前边，
把永别的悲痛留给我，
把失声的泪水留给我，
把送别的难舍留给我，
把无眠的孤夜留给我。

亲爱的人，你如果，
你如果走在了我前边，
我会在睡前轻拍你的枕头，
我会在梦中呼唤你的名字，
我会在思恋中默默地流泪，
我会在想念你时和你交心，
我会，我会，我会——
我会在每一天清晨采一朵红玫瑰，
我会在每一天黄昏送到你面前。

相映

我站在窗前仰望天空，
天上的每一颗星都是你，
你的闪烁照亮了我的心；
我站在银杏树下轻声歌唱，
树上的每一片叶都是你，
你的颤动是给我的掌声；
我站在海边展开双臂，
海里的每一朵浪花都是你，
你的翻滚是给我的拥抱；
我站在峰顶远望群山，
山上的每一棵松柏都是你，
你的静默是给我的共鸣。
我祈祷！我祈祷！我祈祷！
只要你在我心里，
我就幸福无比！
只要你在我心里，
我就快乐无比！
只要你在我心里，
我就温暖无比！

爱情树

男人——你是树的枝干、是身、是体，
春暖花开、狂风暴雨，
风和日丽、三九严寒，
你都要屹立在春夏秋冬，
忍过风雪、烈日、等待，
等待春天的翠绿苍芽，
夏季的枝繁叶茂，
深秋的金色硕果；
女人——你是树的枝叶、是花、是果，
严冬来临，收起果实，
枯落繁叶，隐去入眠，
静静地……静静地……
守候在树根旁，
消融自我、积蓄养分，
等待着……等待着……
和树干一起迎接
来年的——
翠绿苍芽，枝繁叶茂，硕果累累。

月思

如水的月光缓缓地淌过心头，
轻抚着那静默孤独的魂灵；
如纱的月光轻轻地飘过眼前，
慰藉着那苍茫淡漠的情怀。
追着月亮轻盈飘逸的脚步，
思念的触须伸向远方，
碧海青天夜夜心，
多么清朗皎洁的月光啊！

望着如水如纱梦幻般的明月，
心中飘出如诗如画的歌声——
那就是我……那就是我……
那就是我……
我思念故乡的小河，
我思念故乡的炊烟，
我思念故乡的渔火，
我思念故乡的明月。

相契

这一句轻轻的抚慰，
融化忐忑的心灵；
这一份默默的牵挂，
带来幸福的陶醉。
真好！真好！真好！
娇美的柔波掀红了面颊，
欣喜的微风抚平了伤痕；

已经……已经……
把你放在心海里，
让海风吹散你的劳倦，
让海浪带走你的忧烦，
已经……已经……
把你放在心田里，
让稻花芬芳你的心扉，
让麦香沁润你的情怀！

味道

这味道是牵挂，
这味道是理解，
这味道是祝福，
这味道是思念；
这就是恋的味道，
这就是情的味道，
这就是真的味道，
这就是爱的味道；
每一次夜深人静，
每一道黎明曙光，
思念不仅仅是一种情不自禁，
已是被心保存在岁月中的
——生活和记忆，
已是被心沉淀在血液里的
——情感和信念，
已是被心铭刻在生命中的
——坚韧和永恒。

港　湾

这是一颗飞翔的心，
飞越过高山峻岭，
飞越过九霄云外；
这是一颗漂泊的心，
漂渡过孤独的冰海，
穿越过荒芜的沙漠；
这一番艰辛，这一番修炼，
原来是……
只为那一眼望去的相逢！

天边的明月虽冷，
星空的银河虽远，
却依然听得见你的
——心跳，
共鸣！我的心不再飞翔，
温暖！我的心不再漂泊，
幸福！我的心进了港湾。

平 凡

宁做一缕轻轻的风，
宁做一丝细细的雨，
轻揉你疲惫的臂膀，
吹拂你劳倦的面颊，
滋润你干裂的肌肤，
沁入你沧桑的心灵。
静静，
飘荡在你的天空，
轻轻，
绪绕着你的心魂，
就这样，安安静静，
就这样，轻轻淡淡，
就这样，潇潇洒洒，
就这样，飘飘逸逸。

共鸣

你在沙漠上行进，
那片浩瀚——
是我心灵的炽热；
你在大海上航行，
那片蔚蓝——
是我漂泊的梦幻；
你在草原上奔驰，
那片绿浪——
是我荡漾的情愫；
你在天空中飞翔，
那片飘逸——
是我浪漫的旋律；
你在雪山上攀登，
那片寒冷——
是我难耐的心疼，
那片洁白——
是我纯真的爱情；
那片孤独——
是我永恒的共鸣。

心悟

如果你的心宽广，
你看见的湖泊是海洋，
你看见的溪流是黄河；
如果你的心真诚，
你看见的小树是森林，
你看见的土丘是高山；
如果你的心博爱，
你看见的片云是春雨，
你看见的簇绿是草原；
如果你的心坚强，
你遇到的艰难是成功，
你经历的坎坷是财富；
如果你的心永恒，
你看到的月亮是自己，
你望到的嫦娥就是我！

叹息桥

凄美的情愫，犹如
教堂里晚祷的钟声，
在心谷幽远而苍凉地回响；
浪漫的情怀，犹如
故国那淡远的啸声，
在心河安详而平静地游弋；
诗意的信仰啊！犹如
月光下舒心的帷幕，
在心湖迷离而烂漫地掀开；
这人间的爱！
这天堂的情！
哎……
唱一首生命的《古歌》，
奏一曲传世的《梁祝》，
把心种在叹息桥！

不舍

思念的长臂渐渐地落下，
火热的真情慢慢地冷却，
凄冷的孤独悬隔在长夜，
你的面影在含泪的眼前；
……
仿佛一片花瓣顺河飘去，
仿佛一朵睡莲隐入湖底，
仿佛一颗流星瞬间陨落，
仿佛一艘巨轮驶向异国；
……
别走……别走……别走
别从我的心里走出去，
别从我的思恋走出去，
别从我的生命走出去，
我的心魂不能没有你！

想

多想，和你一起

去看日出，默默地等待

红日一轮的辉煌；

多想，和你一起

爬上山坡，远远地眺望

炊烟缭绕的村庄；

多想，和你一起

漫步湖边，轻轻地细语

金色童年的回忆；

多想，和你一起

住进沙漠，静静地聆听

清脆悠扬的驼铃，

多想，多想

……

彼岸花

长夜深宵人寂静，
唯有苍月伴窗情，
一地秋叶一轮梦，
孤独常住思恋心；

明月清冷亦有情，
圣光和悦暖寒心，
一丝温柔搅魂灵，
望川彼岸曼珠沙。

我心永恒

那一刻，我

遇见了世界，

是欣喜、是慌乱、是心跳

……

无数次幻想，

揽入怀中的温柔，却是

生命之河那端的梦想，

思念，

涌动满眼的海潮，

心，在那一刻

永恒；

珍重，心爱的人，

只要想你，

心就离蓝天很近，

只要想你，

就离幸福很近。

留恋

多想，化作一朵白云，
乘风飞去，
脱离肉体凡胎，
像蓝夜里的灵仙，
遨游天际，
在我的长发里，
在耳鬓边、在心魂里、
在梦里，
携着对你的爱，
在星海里飞舞。

银河边、明月旁，
洁白的翅羽，
细香轻盈，
旋出万千个风铃的转动，
迸出天真的光亮，
幽冷的灿烂，
在每一层的檐边
挂着留恋！

月的诗情

月亮啊！
你那谜一般的荒凉魅力，
美丽又令人生畏，
你那魂灵般的清雅幽冥，
优美又令人黯淡；
银光下，无数
捆锁着痛苦和快乐的人们
向你倾诉、对你轻弹
邀你对酌、伴你吟唱
抑抑扬扬，如
行云流水，淙淙可听，
繁星升起，只要
露出银盘的脸庞，
人间的生灵万物
便滋长出灵感的翅羽，
爱的诗歌、情的旋律
思的美文、恋的交响
噢！这一轮明月啊！
承载了人间多少美丽的梦想。

情弦

那一定是爱的心弦，
轻弹着，
悠远的乐音是一种感召、
一种忆念、一种呼唤，
细腻轻柔含着热烈和真挚，
穿过黑夜，飘进我的心底，
那样唯美，温情如浪的柔波，
静悄悄地，流淌在空气中，
随花儿开放，随叶儿飘落，
和着我的思念，飞舞……
在夜空、在山谷，
在草原、在大海，
相拥在一起的心恋，
相汇在一起的海潮，
激动了繁星，照亮银河！
别停！
温柔的旋律，
我的思念，永远伴着你！

永恒的心

这世界如果有完美，

你就是我心中唯一的完美，

为你——

我的眼泪是幸福，

我的孤独是快乐，

我的辛苦是甜蜜，

我的思念是美好；

这世界如果有永恒，

你就是我心中唯一的永恒，

为你——

我的守候是使命，

我的等待是梦想，

我的选择是精彩，

我的爱情是奉献。

清净的露珠

夜空划过一道寒光，
刺透冰封的心河，
涌出的清泉
是心疼、是真情、是梦……
伴着无声的倾诉，
和着酸楚的低吟，
顺着忧伤的花瓣淌入心谷；
月光下
在我心灵最深的一角，
盛开着一朵清净之莲，
不必在净土，
无须在天堂，
荷花瓣上，永远
淌着悲悯的露水，
如果，看到
我的目光含着一滴晶莹的泪，
那一定是莲花上最美的露珠！

美丽地活着

风的离别，雨的凄冷，

忧伤的，思念的，

别让眼睛闪烁痛楚的光芒；

花儿凋谢，叶儿飘落，

逝去的，消散的，

别让心灵奔涌苦涩的泪水；

……

明天，当

阳光照耀在山坡上，

满山遍野依然千红万紫；

明天，当

月光洒落在树梢上，

清朗的夜晚依然浪漫迷人；

我的长发

扫着茉莉花的飘香，

在延绵的小路上；

真美！蓝蓝的天，

真美！静静的夜。

信仰

别说，那是多情，
那是心对爱的信仰；
别说，那是冷漠，
那是心对深情的信仰；
别说，那是孤独，
那是心对永恒的信仰；
别说，那是浪漫，
那是心对诗意的信仰；
别笑，那样痴迷，
那是心对音乐的信仰；
别笑，那样憨厚，
那是心对善良的信仰；
别笑，那样修饰，
那是心对美丽的信仰；
别笑，那样执著，
那是心对梦想的信仰；
……

坚持

（致敬爱的同事们）

我站在山坡上，任凭寒风袭扫我的面颊，眼睛死死地盯着发射塔，虔诚的心默默地祈祷，“保佑，一切顺利，保佑，一定成功！”等待，十分钟、十五分钟、二十五分钟……

2012年11月19日凌晨6点23分，随着一声炸雷般的巨响，发射塔底座腾起一个大火团，我的心霎时收紧……

出发了，那承载着几代人梦想的火箭携着“环境一号”C卫星出发了，望着那缓缓飞上天的神物，我的眼泪潮水般涌出。

十二年，十二年前我来到这里，第一件最重要的工作，就是和专家们执行该项目的天线样机阶段任务。

多少次试验，多少次失败，多少个波折，多少个难题……面对数不清的困难和艰辛，我们坚持着，执著地坚持着，一天、一个月、一年、十年……今天，此刻，成功的炸雷照亮了期盼的天空，我们的赤子之心也终于走出了探索的隧道。

让我们为曾经的同甘共苦留下美好的回忆。

让我们为今日的成功收获露出满足的微笑。

……

感 恩

（庆遥感十六号卫星发射成功）

十二年的风雨录，
十二年的心路情，
迎接今朝的硕果欣喜，
呈现往日的美好意境；
感谢！感谢！还是感谢！
感谢上苍！
把我带到这里，
这里有泪、这里有笑，
这里有苦、这里有甜，
这里有激情燃烧的岁月，
这里有执著拼搏的回忆，
这里有金秋硕果的收获，
这里有美丽动人的故事，
感谢！感谢！
我是那么快乐，
我是那么满足，
我是那么欣慰，
我是那么幸福……

源泉

诗不是用笔写出来，
是身心的足迹走出来，
是岁月的星辰照出来，
是孤独的心灵印出来；
歌不是用嗓唱出来，
是生活的旋律奏出来，
是心中的美好诉出来，
是梦想的激情涌出来；
曲不是用琴弹出来，
是灵动的情怀拨出来，
是命运的交错奏出来，
是坚强的意志敲出来；
酒不是用口品出来，
是执著的耕耘囤出来，
是辛勤的汗水沁出来，
是生命的血液酿出来。

永恒的等待

如果有一天，
我走过了青春岁月，
请你别失望，别叹息！
我会在与你相逢的那一刻，
让一切回春。

如果有一天，
我走过了生命之桥，
请你莫流泪，莫伤悲！
我会站在生命之河的彼岸，
永远等着你。

后记

我感谢上苍！把我带到这里，让我体会到人世间所有的感受——真情与孤独；痛苦与幸福；奋斗与追求；挫败与成功；理解和崇拜；思念和等待……更让我懂得珍惜和欣赏成功后的艰辛、喜悦和对使命的责任、坚持。

诗是故事的缩影，是对人、事、物、大自然的寄情，我的每一首诗都有它的生活背景和心灵感悟，它来自于我热爱的工作、朋友、亲人、心爱的人和爱我的人们，不论酸甜苦辣，它都是美的，美得自然、美得纯粹、美得淋漓尽致、美得酣畅潇洒……

有人说，诗人是具有高于一般人的精神境界，有激情、有热情，对人、事、物在某些时空有着超出常人的感动或者愤怒。我不知道我能否成为诗人，可我知道，有时候我的感动能融化自己，我的愤怒能沉默血液。我知道，我是眼中有画、心中有歌的人……

锚沙

（作者摄于俄罗斯普希金像前）

我感谢上苍！把我带到这里，让我体会到人世间所有的感受——